未来に続くエネルギー革命

波動発電の奇跡の可能性

高木利誌

明窓出版

未来に続くエネルギー革命 波動発電の奇跡の可能性

まえがきに代えて――人生って不思議なものですね

出版社で編集された原稿を読み返していたとき、家族がテレビで音楽番組を観ている音が聞こえてきた。美空ひばりの声で、

「人生って不思議なものですね……」と。

ハッとするような気持ちがあり、思わずテレビのほうを見てしまった。

私の今までの九十有余年、まさにこの一言に尽きる気がしてならない。

叱られることも、「こうしたほうがいいと思うがどうかね」とお諭《さと》しいただくこともあり、恩師より、人間の基礎を学べと、私の希望ではなかった大学の法科をおすすめいただいたこともある。

国内、海外の諸先生のお言葉も、「これを読んでみたら」といただきました本も、全てありがたく頂戴し、今につながっている。

私の過去は大過なく、家族にも恵まれたのはありがたいという一言につきるが、しかし家

族には、女房にも子供にも苦労をかけた。小学校の給食費も満足に持っていかせられなかったこともあり、家庭訪問にみえた担任の先生に、

「お子さんが給食費の忘れが多いようですがどうしてでしょうか」と聞かれ、

「申し訳ありませんが、工場を初めたばかりで、収入が十分ではありませんので」と言うと、

「すみません。今どきそんなご家庭があるとは知りませんでした」と言われてしまった。

その後、奮闘努力し、素晴らしいお得意様にも恵まれ、豊田市で初めて、当地出身の両親を持つブラジルの日系二世の従業員の応援もいただき、さらに、外国特許の導入をし、無事に会社を立ち上げることもできた。

これも、皆様のおかげ以外の何ものでもありません。感謝の日々でありました。

かつて、旭鉄工の部長様から、

「会社は、金が無い、仕事が無い、で潰れるのではない。この間までT社の重役であった方が、中古機械の取り扱い業務を始められたので、お話をお聞きし、勉強さしていただきなさい」とアドバイスいただきました。

そこでお尋ねして、T社が会社を解散する前の最後の重役会の状況をお話しいただいた。その時から、もって冥すべし、また、「会社経営とはなんぞや」と改めて考えさせられた。会社経営には、真摯に取り組まなければならない。軽んじていては、思い知るべきときがくると感じた。

90歳になって

90歳になって、人生を考えると、過去において一番楽しかったのは、高校の3年間であった気がする。それはなによりも、将来の選択肢が無限だったからではないだろうか。

警察官退職後、第1回同級会を開催していただいた席で、

「もし戻れるならば、いつがいいか」という話が出たとき、取りも直さず、

「高校3年生」と答えた。

「まさに無限の可能性があった。その次が……現在」と。

高校の3年間、家庭を支え、両親の希望にも沿う生活であった。農業を始めた開墾地で、収穫がままならぬとき、父の勧めでパン屋を開業した思い出についても感慨深い。

そして高校では、遅刻の常習犯であった。しかし希望に燃え、毎日の収入があり、ほしい物（希望するもの）＝実験器具を少しは手に入れることができた。

京都大学か名古屋大学に行きたいと思えども、恩師のご指導の元、大嫌いと思われた学科、中央大学法学部へ進学する。それが、今考えると最上の進学先であったようだ。

「親の意見と茄子の花は、千に一つも無駄はない」という母の言葉を覚えているが、恩師という親のような方の意見も、まさにそのとおりであった。

しかし、一番困ったのは、安月給の警察官時代に、

「弟もいるのだから早く結婚しろ」と急かされたことだ。

「生活にも困るときに、若いお嫁さんを幸福にできるものか」と、自分自身でも疑問に思ったが、いざ結婚してみると、やはりかなり困難な生活であった。

いまだに「あの時は本当にすまなかった」と、心から詫びる次第である。

けれども、このときに結婚した妻のおかげで現在があると思うと、感謝しかない。

現在も実家にお歳暮が届けられるのは、この女房のお陰（才覚）。あのとき母が、「今時、こんな良い娘はないぞ」と勧めてくれたが、そのとおりであった。

私の希望は、「どんな商売でもよいので、家の仕事を手伝っている人」で、彼女は6丁歩の農地を兄と2人で耕作していた娘であった。

この女房の悪口を言うものは許せない。どんなときでも、彼女の愚痴は聞いたことがない。常に畑の手入れをし、作物の出来栄えは素晴らしく、腰が曲がっても、

「やはり耕運機はいいね」と農業を楽しんでくれているような人である。

本当に良い娘さんをお招きできたと、今でも喜んでいる。

苦労に喘いだ時代

振り返ってみると、私の人生90年とはなんであったのだろうか。

少年の頃から、両親家族の生活苦を見てきた。祖父母、曾祖母の中にあって、私は兄と呼

ぶ5歳違いの叔父と仲良く育ったが、火災で家業の呉服屋兼縫製工場が全焼、本家に戻って3人の住み込み従業員の生活も見ながら縫製の仕事を継続した。

祖父の家に同居しながら、明日食べる米がなくて毎日、翌日の米を1升買い、まさにその日暮らし。ご飯を炊くのに近くの田んぼのあぜ道の草を刈り、その生草でご飯を炊く母の姿が忘れられない。

縫製業を営んでいた父は、買っていただける物を作るために生地を買わねばならず、その残金でどうにか毎日の食卓に出す食品を購入するという、不安定な暮らしであった。

今考えても、祖父は農家でありながら、どうして自分の娘である私の母を助けてくださらなかったのかが不思議である。

そんな中にあって、私としては子供心にも、

「早く大きくなって両親を助けたい。それには普通の、誰でも簡単にできるようなことでは駄目だ。何とか新しい仕事を探そう」と誓いながら、足踏みミシンで何かを作り始めたという記憶がある。

ところが、その頃には満州事変が勃発し、支那事変、大東亜戦争とエスカレート。そんな中にあって、学校も戦争の影響を大きく受けるようになり、生活というよりも、生きること、国を守り、家を守るという方向に舵を切ることになった。時代に即応するために、必要な物が次々に変わってきた。

生活に一番大切なものはやはり衣食住で、まず、衣では兵隊さんの軍服が優先である。その軍服や、学生服にする布をこしらえるために、小学校の下校時には、部落ごとの通学団が、最寄りの部落で桑の木の葉っぱを蚕《かいこ》に与えていた。

それが終わると、田んぼの稲によりつくイナゴを捕っていた。

そうした作業に対して私は手が遅く、恥ずかしい思いをしていろいろ考えさせられたが、こればかりは運動能力によると思い至った。

それで、改善のために、運動選手を目指したいと思うようになった。

ただ、長距離競走の1万メートルでは、400人中10番以内であったので、持久力はあったのかもしれない。

激化する戦争と歩んだ時代

思えば、小学校1年生に入学以来、絶えず何かを考えて生活してきた。

私の少年時代は、叔父に馬鹿にされた思い出が多く、両親を助けるのには、やはり何がしかの技術を早く身につけねば、と思ったものである。

工場が休みの日には、近所の悪坊主たちと遊ぶよりも、足踏みミシンで布を縫い、なんらかを作成するのが楽しみであった。そのころには、母が裁断した簡単なものならば、裁縫ができるまでになっていた。

しかし、戦争が激しくなり、住み込み従業員たちも徴用工として軍需工場へ派遣されて一人、また一人と減っていき、さらに軍隊の入隊召集令状（当時は赤紙と呼んでいた）が来て入隊するようになって、やがて工場も企業統合となった。

父は当時、愛知県碧南《へきなん》市に本拠がある会社の工場長になったが、遠方勤めであった。村役場も、若者は召集令状が来て出征し、人手不足とかで、新しく農業部門の農業会ができて、そこの役員としても勤めることになったと記憶している。

そのうち、父と同世代の人々にも召集令状が来るようになったが、父は重要役員ということで、軍隊への入隊は後回しになったそうだ。

また、子供の私ではよくわからなかったけれども、肥料の配給といって、海藻を乾燥させた物とか、名古屋市のし尿処理場からの物もあったような気がする。


6年生になると、戦争は激しくなった。

空襲警報が発令されると、通学団単位で急遽、帰宅していた。

夏休みの頃には、少年海兵団結団式があり、碧海群中の小学6年生の隊長（級長が隊長）が集まっていた。そして1週間の海洋訓練としてボート漕ぎと水上訓練、夜間招集訓練などが行われたと記憶している。今にして思えば、それは、戦争が激しくなっていた折であったので、中学校に入ったらいつでも軍隊に入隊させられるための序曲であったのではないかと。

そうして、小学校を昭和20年に卒業し、旧制県立刈谷中学へ入学した。

戦争は激しくなり、勉強どころか、運動場を耕し、食糧を生産するという毎日であった。

あの世からの父の後押し

ある日の早朝、母が呼びに来て、

「昨夜お父さんが夢に出てきて、『山の土地を侵食されているが、知っているか』というので見に行くと、隣家がどんどん山を削って、侵食してきている。お前が見に行って、交渉してきなさい」と言う。

そこで、境界を確認すると、境界の目安として立てられた杭よりも1メートルほども食い込むかたちで、隣接した我が家の畑が隣家の建物の裏側の一部になってしまっていた。

それからさらに1メートルほど通路が作られてあって、問いただすと、

「七夫君（私の父親の名前）には、あと1メートルほどを貰うことになっておった」などと言う。母が、

「馬鹿なことを言うな」と怒鳴った。

更に、別の側の境界からは14メートルほども侵食されており、実はその隣地は名古屋の人の土地で、先述の隣家の住人が管理しているとのことであった。

その直後に、ひと目でその筋と判かる男が訪ねてきて、

「土地が売りに出ているが、境界はどこだ」と言ってきた。前職が警察官の私は、この人たちに買われたら大変だとすぐに悟り、急いで自分で購入した。

新工場建設で大変な時期だったのに、仕方なく土地を購入する羽目になったのである。


そのとき、子供会から、「子供の遊び場として貸してほしい」という申し入れがあった。

近隣に聞くところによると、その隣家の住人である爺さんは土地の浸食の常習犯で、かつて、近くの東山の田んぼでは、農家からその田んぼへ行く道が、その爺さんの道路の浸食により通行できなくなり、大回りをしなければならなくなったのは、現在も忘れられない。

うちの畑の道も知らぬうちに侵食され、爺さん宅の入り口の道が拡幅されていた。


そんな折、取引先の豊田工機様の焼入れ工場で火災があり、社長様より、

「豊田市に貸工場はないかね」というお尋ねがきた。

「工場はないですが土地がありますので、新規で工場をお建てになりませんか」と言うと、

早速見に来てくださり、工場建設の運びとなった。

家に帰り、女房に、

「今日、土地の借り入れのお話があった。しかし入口に使えるように10メートルほど、隣の石川さん（爺さんとは別の隣家）に売っていただけるようにお願いしたい。思い立ったら吉日だから、今から行ってくる」と、午後8時を回っていたが、急いでお訪ねした。

すると、

「高木さんでは嫌とは言えませんが、こればっかりはね」とおっしゃる。

「どういうことですか」と聞くと、

「実は明日の朝、市役所から役人がお見えになり、道路の替地にするという契約が決まりました」と言うではないか。

「契約書のサインはいつですか」

「明日の朝です」

「それでは、私に是非お譲りいただくよう、お願いいたします」と、わがままを聞き入れてもらった。

そして間一髪、2000坪弱を市役所と予定していた契約と同額にて手に入れることができた。すでに借り入れ過多で、個人ではこれ以上借り入れ不可能だったため、会社名義で借りての購入であった。

これぞまさに、亡き父の素晴らしい後押しの賜物であった。母を通じて、夢の応援をいただいたのである。あと1日遅れたら、その土地は道路から入ることのできない袋地になるところであった。

ゲルマニウムの効能

『驚異の元素　ゲルマニウムと私』（玄同社）という浅井一彦博士の本を読んで、目からウロコであった。その内容について、アマゾンのページから引用する。

（引用はじめ）

驚異の元素ゲルマニウムの研究を生涯の目標にして、ついに世界で始めて有機ゲルマニウムの合成に成功した浅井一彦博士の人生とまた、ゲルマニウムのすばらしさを克明に説明。自らも多発性リウマチと通風を、有機ゲルマニウムを服用して人体実験して見事に病気を克服している。

あらゆる研究機関に資料を提出して無害であることを立証している。さらに、多くの難病と言われる方々に有機ゲルマを試して、奇跡的な回復例などを示している。体内の酸素を豊富にすることで器官の働きを促し、機能回復を図る「有機ゲルマニウム健康法」。英訳書も完成して世界中で反響を呼んでいる。有機ゲルマニウムを理解するうえでのバイブルのような本です。

（引用終わり）

ガン、脳梗塞、血圧、糖尿病、等々、万病によいという。身体に良いという物は、車にも良いのではないか……と、早速ラジエーターに数滴入れてみたところ、良い効果が出ているように思える。

また、他にもテストをしてくれた方からの報告によると、ダイヤモンド複合メッキしたものを電気系統にセットしたものと、それを組み合わせると、更に良くなり、燃費も10%くらい改善したとのことであった。

そして、ラジエーターに入れた残りを一日2~3滴ずつ飲んだ人から、以下のような報告もあった。

1. 脳梗塞で手術待ちの知人の娘さんが、20日で腫瘍がなくなり、退院した。

2. リンパガンで1ヶ月後には手術を予定していた人が、2週間でリンパガンがなくなった。複数の病院で検査したが、ガン細胞はなく、すべてのデーターが全治を示したので退院できた。毎月1回ずつ検査して、3ヶ月が経過するも、すべてのデーターが良好で、体重は健康体にまで増加し、顔色も良くなった。

3. ある会社の社長さんが、従業員の奥さんが末期ガンで死を待つばかりだとふさぎ込んでいたが、約1ヶ月で快方に向かい、生きる希望がわいてきたということで、従業員も会社全体も明るくなったという連絡をしてくれた。

などなど。

私は医者ではないので、人体への影響についてはわからないのだが、浅井博士は本当に良い物を遺してくださったと感謝しながら、私は車関連やその排気ガスの改善をこのゲルマニウムに託したいと思っている。

他、とても参考になった箇所を、『驚異の元素　ゲルマニウムと私』から引用させていただく。

（引用はじめ）

ポアンカレは、心理とはもっとも単純な原理で、もっとも多くの事実が矛盾なく説明される仮説にすぎない、といった。私の有機ゲルマニウムは、これで肺ガンが、膀胱ガンが、咽頭ガンが、乳ガンが、ノイローゼが、ゼンソクが、糖尿病が、高血圧が、心不全が、蓄膿症が、神経痛が、白血病が、脳軟化症が、子宮筋腫が、肝硬変が……と、まず万病に卓効を示しているが、これらの全く分離した「点」として受けとった数多くの治癒事実を貫く一つの「線」を見つけ出し、そこに真理と呼ぶ仮説を設けるとすると、万病は酸素欠乏なり、ということになってしまう。

ゲルマニウムは、人々が心をとぎすまし、次元をあげた瞑想的熟考を通じてのみ、真に理解できる物質であり、私にとっては、生を受けてから六十数年の軌跡をたどってみると、そこに何かしら一貫した道、あるいは自分の意志を超越した外からの指令を見いだすのである。

（引用終わり）

《他、参考図書》

『ゲルマニウムと私』浅井一彦著　玄同社
『ゲルマニウムで健やかに生きる：免疫力、蘇生力がＵＰし、自然治癒力が喚起される』大形郁夫著　白誠書房
『ここまで解析《わか》った！　ゲルマニウム―驚異のゲルマニウム効果と治験結果を初公開』石垣健一著　ゴマブックス

すべては宇宙の計らい

90歳を超えた私がなぜ今も現役で働かなければならないのか、と思い起こせば、それは、「早く工場を渡してください。おじさん、2ヶ月先にはぜんぶ渡すと一筆、書いて下さい」と甥である現役社長の嫁さんに言われ、全権をすぐに渡したことに始まる。

経営の全権はすでに婿である私の次の社長に委譲してあり、「甥の恒《ひさし》に社長を引き継ぎたい」と言われたので、オーナーの私が了承したのである。

そして私は、工場にも事務所にも席がなくなった。会社の開発業務は税務署の命令で別会社（コーケン）にされていたが新社長は意に介さず、特許業務も廃棄、別会社の社長に指導をお願いしていた。

以来、90歳間際の老人は工場にも入れてもらえない。仕事が続けたければ、自宅の物置で結構ではないか、ということのようだ。トイレもない物置で開発をし、本業の表面処理のメッキではなく塗装に切り替えた。

アメリカ特許のセラミック含有共石メッキも、できなくなっていたが、塗装は、色、物、いずれも自由にできることから、メッキではメッキ液が暴発してしまうような品物でも、塗装ならできることになった。

これぞ正に、「宇宙のお計らい」と、感謝させていただいた次第だ。

かつて、船井幸雄先生と御同行の慶應大学の加藤教授がお越しくださった折、「パワーリング」と名付けていただいたものが、携帯電話の充電にも役立ったと加藤教授からご連絡をいただけた。

このおかげで、東北、九州の災害地に充電用のテープをご寄付をすることになり、更にそれがお医者様に渡り、「患者のがんがそのテープで消滅した」と、追加注文をいただいた。

さらには、私自身の病気回復にすばらしい効果があったのである。

そして、お得意様が腰が痛いといわれたのでそのテープを差し上げると、２週間後にガンの手術予定だったのが、検査ではガンが消滅しており、手術不要になったと聞いた。

「あなたに起こることは、すべて宇宙の計らい」（立花大敬著　Total health design）というご本を素晴らしいタイミングでいただいていたが、本当にそのとおりであると、感謝以外の言葉はない。

テフロンメッキ、塗料について

中央大学時代のボート部の後輩である永田君が、自動車部品を専門に扱う商社、日発販売のアメリカ支店長をされていたときの話である。

私が、イギリスからテフロンメッキの特許を取得したとき、メッキ液はアメリカ製であった。そこでまず、アメリカのシカゴにある永田君の支店を訪ね、輸入の希望をお伝えした。

その時に、

「実は従業員不足で困っているので、ブラジルの知人の息子さんにお願いに行く」と言うと、

「実は私の同級生が、日発販売のブラジルの社長をしていますのでご紹介します。まずは

電話をしてください」と、電話番号をメモしてくれた。

私は、同行をお願いしていた萩野君と2人でブラジルのサンパウロ市のホテルに入り、まず永田君から聞いたニッパツブラジルの森田社長に電話をした。

「ボート部の永田君からご紹介いただいた高木ですが」と言うと、

「今どこにいますか」とお聞きになった。

「ホテルです」と言うと、少し驚いた様子で、

「もう、ホテルまで来てしまったのですか。ここは日本ではないのですから、危険もあります。今からすぐ行きますから、ホテルから一歩も出てはいけません」と言われた。


そして間もなく車でお越しになり、注意事項の数々をうかがった。

道路は家に近い方は歩かない、信号は見なくてよいので、前後左右に気を付けて渡ること、食事はホテルに限る、等々、本当にありがたいアドバイスであった。

それで、南米ブラジル銀行頭取様をご紹介いただき、頭取様のゴルフ場にてブラジルの状

況、特に激しいインフレ、すなわち日に日に変わる物価についてお話いただいた。

それよりも驚いたのは、治安の悪さで、全員ピストル保持という状態とのことであった。

さて、塗料についてであるが、電池やバッテリーについてはメッキができなかったため、鉱石を細粉化したものを塗料に混ぜて塗布した。

鉱石塗料は固形化が早く、テープに塗布して初めて、その利用価値があることが判明したのだ。そのアイディアがうまく活用されて、現在がある。

パン屋開業

「利治、パン屋をする気はないか」と、父に言われ、

「やりましょう、現状を乗り越えるには、現金収入と、食べ物確保が最優先ですから」と返事をした。

農協のパン製造部がその頃、製造責任者の退職によって後継者がいなくなったために閉鎖

していた。その設備一式を譲り受けるのに必要な費用が25万円であったので、その25万円を農協の金融部門から借り入れた。その当時の米の値段は、一俵（60キロ）が5円であったことを思うと、25万円とは途方もない金額であった。

さっそく、庭にあった小屋を整理して、パン製造設備一式を搬入し、前工場長さんから3日間のご指導をいただいた。

その次の日から、私が工場長兼製造部長になってのパン製造業が始まった。

毎日のスケジュールは、午前零時起床、パン生地の仕込み、パン生地の発酵が完了する4時までは学校の予習復習をして、それから、一家総出でパン生地を丸めて焼き上げ、午前7時に家を出る、という毎日だった。高校に行くのに30分に1本の電車に走って飛び乗るのだが、製造の状況で時間が長くかかることもままあり、乗り遅れてしまうこともよくあった。

教室に入ると、先生から「今日も遅刻か」と言われ、全員の注目を集める中、頭を下げてこそっと着席した。授業に集中すべき他の生徒たちの気を散らせて、本当に迷惑をおかけした。

しかし、このパン製造業のおかげで我が家も救われた。学校から飛んで帰ると、パンを自転車に積み込み、その日の朝にできた物はその日に売る、というより、お買い上げいただかないと困るから、暗くなっても「ごめんください。パンはいかがですか……」と売り歩いた。日の長い夏はよいが、日が短く寒い冬は売り切れず、売れ残りを外で遊んでいた子供たちに1個ずつあげて帰ったこともあった。

一方、職員室では、遅刻の常習犯の不良学生として退学勧告の動議が3回に及び、担任の坂田先生がお忍びで急遽、家庭訪問に来た。パンの製造をしている我が家の事情を知っていただくに及び、

「高木君、知らなくてすまなかった。これでは夜間部に変更も無理だね。とにかく頑張りたまえ」と言っていただけ、退学は免れた。

同級生にも知れ渡ったおかげで、不良学生の汚名を少しはそそげたようであった。

もどってやり直せるとしたら何歳になりたい？　と聞かれたら、高校3年生に戻りたい。あの頃には、無限の可能性と選択の多様性があった。

私の高校の3年間は、パンを焼き、学校から帰ると行商の毎日、自転車の後に大きな箱にパンを入れて売って歩く毎日、特に風の日、雨の日はつらかったけれど、この行商で学んだ「買っていただく」という心の在り方を教えていただけたこと、この気持ちが持てたことで、希望が湧いていた。

また、教師という仕事が今でもやってみたい。

理科系志望で、理科の教師をやってみたかったこともあり、進路指導では、京都大学か、電車で通える名古屋大学の理科系の学部に出願希望をするも、「君は理科系志望のようだが、理科系の勉強は一生できる。しかし、人間を作るのは今しかない。大学の4年間で人間を作り変えてこい。それが先だ」と、出されたのは法学部で有名な中央大学の願書であった。それで、好きでもない法学部に進むことにしたわけだが、今でも理科系、物理化学は頭から離れない。

しかし、不可能なことを思うより、「今が一番良い、これが一番だ」と思うことにし、失敗しても、それは必ず成功につながっていると考えることにしている。

草柳大蔵先生も、「こだわりをすてるのが大事」とおっしゃっていたので、過去に囚われることなく、「今が一番」と信じて生きたい。

困り事が発明を生む

庭先を歩いていると、古いハチの巣がぶら下がっているのが目についた。ハチの姿は見えないので、すでに移転をしているのだろう。

この巣はいつ頃できたのだろう。アシナガバチが巣立っていったものであろうか。

そういえば、裏山の木に作られたていた一抱えほどの大きなスズメバチの巣も、移転した後にそのまま残っていたため、枝から切り落として事務所に飾ってある。

こんなハチの巣にも、なにか使い道は無いだろうかと考え始めた。

ある時、どなたかから、「船の底に貝がくっついて困る」とお聞きしたことを思い出し、ハチの巣を粉にして鉄板に塗装してみた。

そして、いつも海釣りのお話をお聞きしているお得意様の高須さんに、「いつもお行きになる海岸のどこかに、1年ほどぶら下げておいていただけませんか」とお願いしてみた。

何か月か経過して、海岸の端にぶら下げてくださっていた鉄板を上げてみると、見事なほどべったりと、フジツボなどの貝がついているではないか。

「貝がたくさんついている。でも、貝を避けるのは駄目でしたね」と、貝のついた鉄板を海水でひらひらと洗うと、あら不思議、鉄板についたフジツボなどの貝がパラパラと離れて落ちたではないか。

これは成功だと思い、高須さんの紹介にて貝を削り取る専門業者をご紹介いただき、試験的に1隻の船に塗装していただいた。

その船を海に浮かべてしばらくすると、やはり貝がべったりついたので、「やっぱり貝がついているではないですか」と言われた。そこで、「ちょっと船を走らせていただけませんでしょうか」とお願いして、5分ほど付近を旋回して戻ってもらうと、貝はほとんど落ちていた。

そこで、貝サラバという名にして売り出そうと算段したのだが、「こんなものが発売になったら、わしらの商売は上がったりだ。頼むからやめてくれ」と言われてしまった。

この話をカナダの知人に話すと、「私に売らせてもらえないか」と言われたが、お断りした。

役立てる良品と思われたものでも、困る方がいるのであればゴリ押しはできなかった。よく、「良いものが必ずしも広まるわけではない」と言われるが、そのとおりである。

その後、ある方が養殖貝の袋にお試しになったが、これについてはうまくいかなかった。

学び舎の校長へ送ったお手紙

刈谷高等学校校長先生様

私は、昭和26年3月に卒業させて頂きました者でございます。

旧制刈谷中学に昭和20年に入学、学区制変更で刈谷高校併設中学になり、引き続き刈谷高校へ進学いたしました。


昭和23年度に刈谷高校1年生となり、このとき父の勧めで、借入金25万円にて製パン業を開業致しました。

午前零時に起床してパンの仕込み、4時まで予習復習、4時より家族の応援を受けてパンの成形を開始し、焼きあげてから、名鉄三河線竹村駅から通学していました。

下校後にはパンの引き売り販売、午後9時頃就寝という毎日でした。

そして、1年で借入金25万円を金利共に返済することができました。

昭和26年3月の卒業に際し、恩師から、「君は理科系志望のようだけれども、理科系の勉強は一生できるが、人間を作るのは今しかない。文化系へ進み、人間を作り直して来なさい」と、法学部を勧められ、中央大学の願書を頂きました。

京都大学か名古屋大学工学部へ進むのが希望でしたが、諦めて、せめて記念にと名古屋大学工学部の1科目を受験し、15分で回答終了、挙手をして退場しました。

そうして中央大学の法学部へ入学し、紆余曲折はありましたが、これが最高の選択であったと、今では心から感謝申し上げております。

現在は工場を立ち上げ（高木特殊工業株式会社）、一部は豊田工機（株）豊田工場の建設のためにお借りいただき、アメリカ、イギリスの特許導入、研究専門部門（株）コーケン、（株）ケミカル等々を運営しております。

しかし、第1回の「三年二組同級会」の案内を事務担当の方が私の名前で同級生の皆様に通知したところ、「同級会の会長は東大か名大に決まっているのに、どうしてお前になっているのだ」と苦情をいただきました。

それは良しとして、私の開発したものは、電気がなくなり廃棄された乾電池やバッテリーが再生して、20年たっても使えるようになるものです。

ところが、「こんなものができたら電気屋がつぶれる」と、市役所からお叱りをいただきました。学会でも発表したところ、「業者ごときが、神聖な学会を汚すつもりか」と、これまたお叱りをいただきました。

そこで、これを携帯電話の無電源充電用に被災地などに寄付したところ、お医者様の手にわたり、「これによって、がんの患者が2週間~1か月で全快した」とのご連絡をいただきました。

しかしまた、「こんなものが出来たら医者も病院もつぶれる」というクレームをいただきました。

良いものであっても、不利益を被る方がおられるなら、世の中に出してはだめなのでしょうか。

ただ、こうして世の中のお役に立つものが作れたこと、これこそ、刈谷高等学校の恩師の素晴らしいご指導の賜物と、感謝以外ありません。とはいえ、東大、名大以外は、同級会の会長にはなれない、という偏見はいかがしたものかと思います。私が会長を志願したものでもないのに、心ないことをいう同級生がいたものです。

学歴偏重のないようにご考慮いただき、可愛い後輩たちを正しく導いていただきたく存じます。

恩師のご指導に水を差すつもりはありませんが、今後の後輩の皆様のご指導、ご鞭撻を賜りますよう、伏してお願い申し上げます。

令和5年10月25日　高木利治　拝

近赤外線

以前、どなたかから送っていただいたファックスに、アメリカの大学で小林博士が、ピンポイントで近赤外線を照射するとガンが消えるという実験が行われたという内容が書かれていた。何度も読み返し、「ガンには近赤外線か」と思った。

それ以前に大阪の船井幸雄先生の講演で知り合ったような気がするが、新納清憲先生から、「テラヘルツといって、赤外線でガンが治る波長があると発表したら、『気をつけろ』と言われたことがある」とお聞きした。

そして、テラヘルツ波を発する鉱石について、いろいろと教えていただいた。

（新納清憲著『量子論で見直したテラヘルツ波エネルギーの神秘とその応用』〈パレード〉参照）

（アマゾンの紹介文）

環境、健康、農業、水産業、エステ、省エネ、放射能汚染、鮮度の維持……

幅広い分野への応用が期待される新技術「テラヘルツ波」を紹介した決定版！

（引用終わり）

実はそれ以前に私の作る物は、工業試験所にも受け付けていただけなかったため、「自然エネルギーを考える会」を立ち上げ、講演会を開催することになった。

そのときに、鈴木さんとおっしゃる方からうかがった、「京都大学の林教授が開発した石の粉」の話を思い出した。その石の粉で、病気も治るということであった。

そして、この鈴木さんから教わったことで私が「鈴木石」と名付けた石も、同じような物だろうかと思った次第である。（ここまで書いてきたとき、「石」と「医師」は同じ音ということに気づき、鈴木石は医師の役目をすると考えてよいのか、とふと思った）

近赤外線を発する機械というのは素晴らしい装置であろうし、ピンポイントで病原体を絶滅させるというのは驚くべきことであるが、病院がそれを導入するには、費用をどのくらい必要とするであろうか。

林教授は、せっかく病気も治る石の粉を開発されたのに、行政から「これでは病院や医師が困る」とクレームがあったとうかがった。

その後、国の政策をお聞きするときは、行政側の本心を理解しなければ大変な目に合うと、ある有名な商社の部長様からうかがった。

拙著でも何度も述べてきたように、開発者と、行政や業者などの思惑には相容れないものがあることが多い。

日本では、私のような老人は、急病で救急車を呼んで夜間に病院に行くと、「明日来なさい」と言われる状況がある。そんなふうに軽んじられるような、老人が申し上げることではないかもしれないが、世の中に役立つものは受け入れるという寛容さが必要なのではないだろうか。

近藤社長様へのお手紙

東日本と熊本の被災地に、電気が通じず携帯電話が充電できなくてお困りの方が多いとうかがい、私の作った物をご寄付させていただきました。

それがお医者様にわたり、「ガンの患者さんが2週間~1ヶ月で全快したので、追加注文したい」とご希望されていると、仲介者の東北の知人から連絡がありました。

そのとき、赤木純児先生の著書もお送りいただきました。


しかしその数日後に、私自身が高熱を発症。

行きつけのクリニックへ息子に連れていってもらうと、お医者様が車の中で診察し、「これはコロナだと思います。保健所から人が来ますので、その指示に従ってください」と。

それからは、息子の車だったか保健所の車にいたのかの記憶がありませんので、意識がなかったのかもしれません。

とにかく、気がついたのは病院のベッドの上でしたが、病院で過ごす1日の何と長いこと。

そして1週間が過ぎ、頭の中には次々と新しい仕事のことが浮かんでいました。

家族からは、

「何か欲しいものがあるか。あれはどうか、これはいるか」と言われるだけで、する事のないのは仕事人間である私にとって、本当に苦痛でありました。働き者の両親に育てられ、小学生の頃から働くための人生であった気がします。

私が大学卒業直前に内定取り消しに遭い、途方に暮れているとき、岐阜県の駅で「警察官募集」のポスターに出会いました。そして、ありがたいことに、1250番代の受験番号でコネも何もない私が、20人採用の枠内の1人として、合格通知がいただけました。この合格通知がなければ、現在の私はないと思います。

警察は、人間を作るうえで、こんなにありがたい組織はないと思います。

こうした人生を顧《かえり》みるに、近藤社長様にもずいぶんとお世話になり、感謝に堪えません。あらためて、御礼申し上げます。

銀杏の木

船井幸雄先生にご紹介いただいた神坂新太郎先生のお話の中で、

「割り箸を刺しておいたら根が出て、大きな柳の木になりました」とおっしゃったことがあった。

そこで私が、

「銀杏《ぎんなん》を茹でたものを食べた後、しばらくして何個か残ったのを見ると根のようなものが出ていたので、庭先に埋めておきましたら芽が出てきました」とお話しすると、

「高木さん、あなたも不思議な人ですね」と言われた。

あれから、何年経ったのだろうか。

その銀杏《いちょう》の木が、我が家の2階の屋根よりも高くなって困っていたら、次女の夫が来てくれて、はしごを掛けて上手に、2メートルの高さより上の部分を切ってくれた。

以前に、警察を退職して故郷の実家に帰った折に、小学校の同級生が、

「級長が帰ってきたで、同級会をやろう」と言い出した。6年生のときの担任であった丹羽先生が校長をされている刈谷小学校へお尋ねすると、喜んでいただき、色々とお話しをした。そのときに先生が、不思議なことに、

「高木君、トヨタがメキシコに小学校を作るということで、教師を募集して、夫婦の教師が退職して候補者として待機していたが、中止になった。気の毒になぁ。お前と同級くらいの教師ではないか?」と話された。すると、まさに同級生であった。

その同級生と話をしていると、「我々も同級会をやりましょう」ということになり、私の名前で通知を出したようだった。

そして、前述のように高校の「三年二組の同級会」の、第一回開催の運びとなったのである。

ところが、同級生で名古屋大学卒業生のY君が、

「同級会の会長は、東大か名大に決まっておる。なんでお前が会長だ」と言い出した。

「私が決めたのではない。それならお前にしたらどうかね」と答えたが、同級会も学歴社会であるとは、驚きであった。

現在の水耕栽培

春から、新しいタイプの水耕栽培の無農薬無肥料の実験をしていた。
以前、お見せいただいた、清水様のトマトのハウス水耕栽培を参考に、無農薬無肥料は可能かどうか実験してみたのである。

ところが、秋になった現在でも、トマトもナスも木が小さく、なった実も小さく、やはり無肥料は無理であることが判明した。

その中で、ひときわ元気なのがパイナップルである。
パイナップルは実をつけるまでには至っていないが、波動水耕栽培は、十分可能であると確信した。素晴らしいものができる可能性を感じている。

ナスとトマトは、水耕栽培の専門農家を見学させていただいたものとは大違いで、ナスは細い実がひょろっと50センチほど伸びて1個実ったのみで、次に花も咲かない、トマトは、小さな実が2個実っただけであった。

このままでは可哀想だと、波動石と追加の土を与えたところ、みるみるうちに成長して、次々に花が咲き、実がなり始めた。

これには驚き、「苦労をかけてすみませんでした」と木にお詫びした。

ともかく、野菜には、「土」か「波動」か「肥料」がないことには、栽培することは「とても無理です」と言いたい。

時を味方に

振り返ると、時に味方をしていただけたことがたくさんあった。

あのときも、そうだ、あのときも、と。

不景気の最中に開業するも、思いもかけぬ事態で中央精機の工場で機械のシャフトが傷み、ご注文どおり解決できて（2ミリの厚みのメッキを2日で完成）、次のお仕事がいただけたこと。旭鉄工（株）より、当時は鶏小屋の片隅にあったメッキの工場《こうば》で初めての仕事がいただいただけたこと。

大豊工業へ行くと、高校時代にパン製造業開業の頃のお得意様であった、鳥居係長様が担当者でいらっしゃって、びっくりしたこと。


こうした一つ一つの積み重ねで、操業開始できたのである。

そして、保健所の公害課長さんから、機械周りについての無理な命令があったが、知り合いの早崎君に設計をお願いし、工場が出来たこと。これでは足りないと、新技術を導入するためにドイツ訪問を企画したこと。

ドイツ訪問時に、通訳の川村さんがちょうどドイツへの出張を計画されていたこと、その前に浜松でドイツの企業であるクロックナーの御曹司、ホンベック博士にお目にかかっていて、ヨーロッパでの交渉の留意点などをご指導いただけたこと……、等々。

思えばまさに、幸運の連続であった。


どれも、元を正せば、両親の子供に生まれて素晴らしい教育を受けることができたおかげさま、大学進学に際し、恩師の勧めで京都大学も名古屋大学もあきらめて、中央大学法学部に進学したおかげさま、卒業の頃に就職内定取り消しになり、岐阜県警察に入ることになったが、そこで受けた素晴らしい教育のおかげさまである。

また、退職して、名大聴講生を希望した際に、ご相談をした名大の沖教授から素晴らしいアドバイスをいただけたおかげさま、姫路工業大学の鷹野教授をご紹介いただき、鷹野教授の専門のニッケルメッキへの転換からテフロンメッキの特許の転換ができたおかげさま、ニッケルメッキ液がアメリカの物だったが、ボート部の後輩の永田君がアメリカの日発販売の支店長になっていて、安いアメリカのメッキ液の導入ができたおかげさま。

さらに、ニッパツブラジルの社長にご紹介いただいた森田様のご尽力で、無事にブラジル日系2世の第1号従業員として、久野君に入社いただいたおかげさま。

そして、日産自動車系のディーゼル機器様より、テフロンメッキの大量受注があったおかげさま。

数え上げればかくのごとくきりがない。いつも、「おかげさまで、ありがとうございます」という感謝の気持ちですごしている。

社　是

「たゆまざる技術開発を行い、お得意様を通じて、人類社会に貢献する」

高木特殊工業株式会社

これが、父に教えていただいた会社の基本方針であり、社是となっている。

私の代では、これを書いた額を事務所に掲げておいたが、時代に合わなくなり、会社を甥に譲った時期に外すことにした。

この社名は、警察学校の教官であった大竹教官に命名していただいた。本当にありがとうございました。

まだ時間と余命が許す限り、技術開発と人類社会に貢献させていただきたいと思います。

私の90年の過去について思うにつけ、素晴らしい両親に育てていただき、現在がある。学生時代からの私の思いとは異なる方向があったけれども、母の指導の方向へ進んだことが、いかに現在に役立っていることであろうか。

私は戦前教育を受け、教育勅語を教えられたが、同じ兄弟でも戦後教育はいささか異なるようであり、現在にも通じないもののようである。

私の考えを強制するものではないが、弁護士のお世話になる方向には進んでほしくないという思いはある。「年寄りの冷や水」でいらぬことを申したり、迷惑をかけることもあった。特に、協力してもらってきた家族には、とんでもない心配をかけることがあったことを、心苦しく思う。

「人類社会に貢献すること」。

これは、間違った考えではないと思われるが、いささか現代には、あまり意識が向けられないことのようだ。そこで、事務所の社是の額を取り外していただくようお願いした次第である。

警察官時代には、勤務を通じて地域の皆様にもとてもよくしていただいた。取り締まりで罰金が発生しても、

「喜んで罰金を納めさせていただきます」と、同僚の警察官ともども、かえって感謝されたこともあった。

それがきっかけとなって「囲碁」のご指導をいただき、2022年には「六段の免状」をいただけるという幸せ。正しいことは、やはり幸福をもたらすのかもしれない。

父のおかげで初代社長に就任していただき、社是を決めて発足した。鶏小屋での最初の受注のときの経験から、高速メッキの方法を開発したところ、その直後、高速メッキを利用する思いもかけぬご依頼を受けることができて、これが会社の基礎になった。

公害防止法の発効により、公害課長様から、「廃水処理の確認ができなくてはならない。タンクの横からも底面を確認できるように改善しなさい」と命令があり、そのとおりに改善することで、工場開始に至った。

この命令のおかげで、より良いパフォーマンスを上げることに意識が向き、仕事の確保のためにヨーロッパの技術を見学し、ドイツのシュナール社のオイゲン社長様のご案内によって新しい技術に目覚め、特許を導入した。

そして今度は、作業をお願いできる方を探して、社長である同級生の荻野君に相談した。私が警察官時代に「外国人登録法」の担当でもあったことから、ブラジル移住の知人を訪ね、当地最初の日系二世の久野さんの息子さんに入社いただいた。

荻野君に会長をお願いし、私は実働班として地域への貢献のため、人手不足の会社について説明をさせていただき、雇用を増やせた。

これによって、地域の皆様にもいくばくかの貢献をさせていただけたと思う。

前職が警察官であったことも大いに役立ち、本当にありがたかった。

さて、新しい仕事の運営上、必要な知識が不足していたため、開発品について調べてもらおうと工業試験所へお願いに行くと、

「私どもでは設備不足で、受付できません」と言われてしまった。

そこで、知人にお願いして開発品の効果の確認をしてもらおうと思い立ち、「自然エネルギーを考える会」を設立した。何度も書いてきたとおり、講師をお招きしてご講演をいただき、開発品の効果を皆様からお聞きできる機会とさせていただいた。

この会のおかげで、
一、自分で簡単にできる、ガンの回復方法
二、波動による発電、充電方法
などを発表いただき、テストをするも、

「こんな技術を世の中に出しては、病院や業者といった、社会が迷惑する」とお叱りを受けた。

また、学会で発表させていただいた折に、

「業者ごときが、神聖な学会を汚すつもりか」とお叱りを受けたというのも、何度も書いたとおりである。

そうこうするうちに、私自身がガンを発病した。

そこで、自分でも試してみようと、がんセンターへの病院の紹介も断り、工場建設費の借金の返済に苦慮していたこともあったので工場での作業を続けながらも、1ヶ月で全快という診断結果をいただけた。

また、発電、充電についても、船井幸雄先生からは、開発品を渡した途端に「これは、パワーリングと名付けるといいですね」と言っていただき、慶応大学の加藤先生からも、「携帯電話の充電ができるようです」と言われた。

このように、私自身は様々な経験ができてありがたかったが、家族に与えた苦労を思うと申し訳ない。大学進学のために、高校の三年間はパン屋を営んで貯金はできたが、東京のインフレには追いつけず、父母兄弟には迷惑をかけた。

さらに、警察官に採用いただけて本当にありがたいことではあったが、安月給により心配をかけた家族、両親には、申し上げる言葉もない。

今後は、新時代の後輩にお任せすることにし、「社是」の額は下ろして、私自身のための額として、社会に貢献できる余生を送らせていただきたいと思う次第である。

就職浪人、奇跡の就職

就職の頃の話を、もう少し詳しく記したいと思う。

大学卒業に際し、将来に事業を展開するためには、技術を習得することが肝要と考えて、丸紅や三菱商事などの大手商社よりも、仕入れから販売まですべての部門が習得できる中小企業の商社への就職が希望であった。

そこで、先輩が勧める商社に応募し、2人採用の枠に入ることができ、合格通知をいただいて安心していたところ、卒業直前の2月になって、「経済界の不況により、今年は採用できないことになりましたので通知致します」と、葉書1通の葉書で内定取り消しの憂き目にあった。

そこで急遽、就職浪人生活に。

どうしようと思っていた卒業試験の真最中に、「父入院、すぐ帰れ」との電報を受け取って帰省し、すぐに病院に行って、一晩、父に付き添った。

父に、就職浪人になったとはとても言えず、翌日は、後輩に合宿の参加依頼をすることを口実に、ふらりと岐阜に寄った。

すると岐阜駅に、「警察官募集」の張り紙があった。これは有り難いと願書を提出したが、いただいた受験番号は１２５０番台であった。

「こりゃ駄目だ」と、東京に帰って学務課へ行くと、

「今の時期になってしまっては、求人募集中の企業はゼロ、ただ、ある本省で、法律改正の必要につき臨時職員募集が来ているのでよかったら紹介しましょう」と、推薦書をいただいた。

そこで出省すると、隣席の先輩が、

「幹部は部長から主任まで、全部東京大学出身者」と教えてくれた。想像はしていたけれども、せめて六大学か昔のナンバースクールだったら良かったと思ったものである。

もちろん、東大は出身大学ではないので、ここへの就職はないなと思ったとき、警察官の1次試験合格通知の知らせが届いた。2次試験は60人に絞られていたが、それでも狭き門だと思っていたのだが、通常、大学出は採用しないところ、有難いことにただ1人、合格させていただけた。

ただ、困ったことに、大学卒業試験が父の病気で1科目受験できず、卒業証書がすぐにいただけないという問題が起きたのだが、警察学校入学後、特別休暇をいただいて追試験を特別に受けることができ、卒業証書を無事にいただいて、警察学校に戻ることができた。

これも、岐阜県警察のおかげさま以外にありません。

それから、恩給権発生までの13年間、素晴らしい（今、考えても、こんなに素晴らしい勤務先はない）経験をさせていただいた。

私は、もともと教員が希望であったので、少年担当にさせていただき、自分の管轄では少年院送りは絶対に出さないと決意し、管内の学校にご協力もいただいて、不良少年少女の善導に力を尽くした。

詳細を公表できないのが残念だが、各学校の校長先生はじめ、諸先生の全面的なご協力もあって、不良少年と呼ばれた子が、少年院に行くどころか模範青年に生まれ変わる様子をつぶさに見せてもらえた。そうした青年たちには、素晴らしい経験をさせていただき、退職後までもお付き合いいただいた人もいる。

本当に、ありがとうございました。

命名、「充電容器」

今までは、電池の充電とは、電池に直接、波動あるいは電流を作用させて、ボルト、電流の量をアップさせることと理解していた。

ところが今回、電池ボックス（＊電池を入れる容器）に波動物質をメッキ、または塗装することで表面処理すると、電池ボックス内部にセットした電池が充電されることが判明した。

ということは、この波動容器と呼べる容器が用意できれば、バッテリー、電池の充電に、電流の付与は絶対に必要ではないのではないか。

今回、テストとして、容器外面に波動物質混合の塗料を塗布して、30年ほど前に廃棄された電池を置き、翌日に懐中電灯にセットして点灯してみると、まばゆいばかりの光を発するではないか。

１９９７年のある学会にて、電池の外部に波動物質混合塗料を塗布すると、ボルト、電流量がアップすることについて発表すると、座長様から、

「業者ごときが神聖な学会を汚すつもりか」とご叱責があったということは前述したが、別の教授先生のお計らいにて、国際学会で論文を発表させていただいた。

もちろん、実験結果を発表させていただき、現在まで、電池そのものに直接塗布してきたが、実は、容器への塗布で充電ができたのである。

「波動物質混合塗料を容器に塗布すると、充電器となる。この容器を、充電容器と命名する」

（＊これをもって、「充電容器」という名称の権利を、弊社が有しているとさせていただきます）

深野一幸先生

かつて、『波動の超革命』（廣済堂出版）などのご著書で知られる深野一幸先生に、常温超電導について公開されている大西義弘先生をご紹介いただいた。

しかし、私は素晴らしいと思いつつも、工場運営の傍らに勉強する余裕がないことや、理科系の基礎知識が不足している文化系出身者である自分に情けなさを感じていた。

そんなとき、船井幸雄先生もご紹介いただくとともに、深野一幸先生から『地球を救う21世紀の超技術』（廣済堂出版）というご著書を頂戴し、勉強させていただいた。本に書いていただいたサインの横には、１９９７年2月6日という書き込みがある。

また、つたない私を講師としてお招きいただいたこともあった。

この本に、「『宇宙エネルギー』革命が始まった！」とあるが、いまだに世界では時期尚早のようで、ウェールズ大学のロバート学長からは、

「あなたは私ほど有名ではないので大丈夫かもしれませんが、発表には気をつけなさいよ」

とご忠告をいただいたこともある。

工学博士の深野一幸先生の著書が出た後も、現実にはエネルギー問題については、解消ができていない。今のところ、フリーエネルギーなども、実現不可能の状況ではないだろうか。実現すれば、原子力発電所も太陽光電池も必要ないはずである。

さらに、河合勝先生がご著書でも紹介されていた、知花敏彦先生のご著書『世紀末を救う意識改革――宇宙エネルギー時代への大転換』（広済堂ブックス）は、「地球崩壊、人類滅亡の予言を実現させてはならない！　地球と人類の謎を解き明かし、混乱する世紀末から宇宙エネルギーの未来を築くよう、人類の意識改革を強く訴える超意識からのメッセージ（吉川宗男、ハワイ州立大学名誉教授推薦）」という内容である。

知花先生が開発されて国家委託された、電気を無尽蔵にいただけるもの、地球上では水を無尽蔵にいただける装置。

戦争にかかる費用や、防衛費を使うことなく、その金を利用してエネルギー問題の解消になるようにもっと尽力すれば、世界中が助かるのではないだろうか。

日の目を見ない素晴らしい技術

旧ソ連大使館に、「情報公開＝グラスノスチ」という発表があった。

これはチャンスと、ソ連大使館へ飛んで行き、

「極寒のシベリヤで自動車の潤滑油はどうしているのですか」とお尋ねした。すると、

「日本人の開発技術を使っています」との返事だった。

「え……？」と、聞けば聞くほど驚くばかりだった。

「人工ダイヤモンドを開発したのは日本人であり、その人工ダイヤを使えば潤滑油は不要」だという。

また、チェルノブイリで小児ガンの治療をされているのも、日本人であるとのこと。

人工ダイヤモンドは、角のない鉱石であり、これをごく微量にしてメッキなどに混入しておけば、グリスも硬化する油も必要なく、潤滑作用が形成されるという。

そこで、ご紹介いただいた有名な先生をお訪ねし、人工ダイヤモンドを、1カラット5万円、1グラム25万円ということでお譲りいただいた。

帰宅後、早速1カラットほどを使ってビーカー実験して、ダイヤモンドコンポジットメッキを施してテストしてみた。

すると、なるほど素晴らしい潤滑性で、テフロンメッキを遥かに凌ぐ。

特許導入のテフロンメッキとは一桁違う摩擦係数で、潤滑油がなくても十分であり、これならば潤滑油が切れる心配をしなくていいと思った。

お得意様を回ってお話したが、「初めての物はね……」となかなか良い返事がいただけない。

「では、潤滑油にナノダイヤモンドを混入したらどうだろうか」と試してみると、これも素晴らしい潤滑油になり、特に工作機械油については音も静かになり、加工性能も良くなった。

しかし、機械性能が良くなり、5年で買い替えていたのが10年保っては、工作機械メーカーが困ると言われてしまった。

また、大切なお得意様の車の潤滑部品が不必要になることから、それに関連する次女の勤務先の会社には大打撃と考え、発表を中止した次第であった。

また、それを潤滑油に混入すると、工作機械の寿命を長くさせるし、メッキに混入すると更に精度も増すが、お得意様の豊田工機にも大打撃になると思われた。

京都大学の林教授の、「厚生省に依頼されて作ったガンの薬」も、いざできてみると受け入れられなかった。

私が開発した、廃棄バッテリーを再生、充電できる技術など、既存のものからの大転換というものは、受け入れられないのである。

人様に役立てる技術があっても、こうしたハードルがあるということが、本当に残念でならない。


そして10年後になってみると、ナノダイヤモンドが1キログラムでの価格になり、とても試作などに使える費用ではなくなって、さてどうしたものかと思った。

だが、すでに私の時代は終わり、甥に工場も渡り、事務所にも席はなく、

「お前はぼけている。黙っていろ」と言われる始末。

名古屋工業大学卒の次女夫婦が引き受けてくれるというので、メッキはできないけれども、自宅の物置で塗料での塗膜により発電、充電、お医者様にはがんの治療用、健康維持、病気

予防のコースターの製造をしている。

次女からは、「お父さん、いまさら商売でもないでしょう。ご寄付でいきましょう」と言われているので、最近は被災地へのご寄付などさせていただいているところである。

清水様への手紙

毎日凄い暑さで、本当に90歳を過ぎた老人にはこたえますね。

清水様には、無理なことばかりお願いして本当に申し訳なく思っていますが、私は皆様が喜んでいただける物をと思っております。

取り扱っても良いとおっしゃる方は、「金額の高い儲かるものが良い」とおっしゃいますが、それは私の思いと違いますので、結果として清水様にご迷惑をかけることになりました。

この度は、貴重なブドウ有難うございました。季節の最先端にて素晴らしいお品ですね。

本日は8月1日、ご先祖様と神様にお供えをさせて頂く日で、ちょうどその準備をさせて頂きますときに届きました。

さっそく、地域の神様、家の神棚、ご先祖様のお仏壇にご報告し、御供えさせて頂きました。本当にありがとうございました。

今回は、丹羽靭負博士の「ガンになって直すよりも、病気にならない水を作って飲む」という考えから開発した、波動を生じる鉱石を塗装したコースターを使って、「携帯電話の充電ができた」という御礼がきましたので、そのコースターを同封いたします。

皆様でおためしいただきますと、ありがたいです。

清水様にもよろしくお願いいたします。

令和5年8月1日　高木利誌

『聖徳太子が遺してくれた成功の自然法則』

先日一読した、徳山曜純先生のご著書がとても興味深かったので、読者の皆様にも一部をご紹介させていただく。

『聖徳太子が遺してくれた成功の自然法則』（株式会社リアルインサイト）

（引用はじめ）

逆境から飛躍するための思考法

初めて、アフリカに靴を売りに行ったサラリーマンの話を聞いたことがあるかもしれません。

アフリカに行ってみて、一人は、「社長、これはまったく売れませんよ。誰も靴を履いていませんから」と報告し、もう一人は、「社長、これはすごく売れますよ。誰も靴を履いていませんから」と報告した、という話です。

大事なのは売る気があるのかどうかという話です。商品は関係ありません。同じ状況であっても、売れるか売れないかは売る気があるのか、売る気がないのかの違いだけです。

あなたが社長であったなら、「誰も靴を履いていないから売れない」という人と「誰も靴を履いていないから売れる」という人、どちらを雇いたいか。一目瞭然でしょう。

お母さんの中にも、こういう思考を使う人がいます。

子供が魚を食べないからといって、「魚を食べないと病気をするよ」と無理やり魚を食べさせようと脅す。そうされた子供はもう二度と食べたくなくなるし、マイナス思考で育ちます。

これを「魚を食べたら、強くなれるよ」という言い方にしたらどうでしょうか。子供は積極的に食べようとするのではないでしょうか。

人間にとって大事なのはアタマがいいか悪いかではありません。明るいか暗いか、光か闇か、陽気か陰気か。そのほうがよほど大切なことなのです。

「我輩の辞書に不可能の文字はない」の真意

「我輩の辞書に不可能の文字はない」とは、ナポレオンの言葉だというのは有名でしょう。

日本ではこの言葉を「わたしにはできないことはない」、「不可能とは愚か者のいうことだ」というように教わります。

むかし、これを聞いて、「ずいぶんと生意気なことを言うな。本当かな」と思ったのです。そこで、あるときフランス人に、言葉を調べ直してもらいました。すると意味が違うのです。その答は、「みずからの辞書から不可能という文字を消せ」ということが正式な表現だというのです。

つまり、不可能を自らの努力、努力、努力、努力で、消したということです。

軍隊を引き連れてアルプスを越えるというのは並大抵ではなかったでしょう。当然兵隊たちは泣き言もいったはずです。それに対し「努力して不可能を可能にしようぜ」と、兵隊と同時に自分をも奮い立たせていたということなのでしょう。

このナポレオンをもってしても、ものすごい努力をした。努力以外に成功はありえないということです。そこで手を抜くようなら、成功なんか手に入れないほうがいい。かえって慢心してしまうだけです。金なんか手に入れないほうがいい、危険なだけです。努力しないで手に入れたら、家が滅びます。

あなたは努力をしていますか。

自分は平凡な人生を歩んでいると思ったら、ぜひ何かに挑戦をして努力してください。もし今困難な状況であるのなら、それは天があなたに期待しているからです。努力して乗り越えてください。

すべてが必然、人格を向上させるための有り難いテキストとしてとらえ、試練を教訓にかえてください。そこに失敗はありません。しかも、それを乗り越えたら、あとで伝説として売れます。

そういう思考ができたとき、この世に失敗や敗北は存在せず、すべて常勝、成功しかないと気づけるでしょう。それが、常勝思考、奇跡しか起きない有り難い人生の秘訣です。

あなたにも奇跡は起きている

失敗と聞いて、どんなことを思い浮かべるでしょうか。いやなもの、避けたいもの、失敗するのが怖いから、挑戦したくない——そんなふうに感じているかもしれません。

しかし、哲學上、失敗という言葉はありません。人生で起こることはどれも経験です。そして、経験は反省と感謝を入れることで、すべて成功に変わるのです。

いい学校に入れなかった、いい会社に入れなかった、金持ちになれなかった、高い地位につけなかった、権力を手にできなかった……。だからといって、決して人生は失敗ではないのです。

逆に、大金持ちになったら、高い地位についたら、権力を手にしたら、そういうものも成功ではありません。

天から見れば、お金や地位や名誉がどれだけ高いかよりも、大事なことがあります。さまざまな試練から教訓を学び、人間性を高めて社会の繁栄と発展に貢献すること。それが天からマルをもらえる生き方です。

お金のあるなしよりも、創造性の高い仕事で社会を幸せにして、常に笑顔で誰にでも優しく、ゴミ拾いやボランティア活動をしているような人のほうが、みなさんもいい人だ、立派な人だと思いませんか。

それは天も同じです。

このように、成功と失敗という言葉一つとっても、みなさんが思っているものと、宇宙の法則とでもいうものとでは、大きく違っています。

同じように奇跡ということの本当の意味も、たいていの人は知らないのではないのでしょうか。なにをもって奇跡というか。

目が不自由な人が見えるようになったとか、あるいは小さなところだと宝くじに当たったとか。そんなふつうではありえないような、何か特別なことを奇跡だと思っているかもしれません。

たしかに、何か特別なことは奇跡です。それに対して、ふつうの毎日は当たり前で奇跡でも何でもないと思っているかもしれません。

それでは、まず人間の体を考えてみてください。なぜ動くかわかりますか？　ガソリンではありませんよね。当然食べ物です。

食べ物を口に入れ、そこから栄養を消化吸収・分解し、アデノシン三リン酸というものをつくります。そのアデノシン三リン酸が、体を動かしてくれるのですが、それをつくるのは、細胞の中のミトコンドリアです。

約数十兆個ある人間の細胞の一つひとつに数十個から数百個のミトコンドリアがいて、さらにその中にクエン酸サイクルという精密装置がついていて、そこでアデノシン三リン酸が生成されているという、想像を絶する仕組みです。この仕組み自体はようやく最近科学で解明されてはきましたが、だからといって人間がそれをつくれるわけではありません。こんな仕組みがどうして人間の体についているのか、これも一つの奇跡です。

（引用終わり）

知恵のある馬鹿と言われぬよう

「知恵のある　馬鹿に親父は　困り果て」

（＊愛知県出身の真言宗の僧で、仏教学者である高神覺昇の言葉）

子供の頃から母に、

「このように言われぬように、いつの場合も心して努めよ」と諭されていた。

これは、教育勅語のあった時代の教育の真髄だったかもしれない。

コロナに罹患してトヨタ記念病院に入院し、３日間意識不明という瀕死の状態になるも、

3日目にふと目が覚めた。

そのとき、夢か現か、

「皆様のために尽くしなさい」という声が聞こえてきて回復に向かうことができた。


退院したちょうどその日に、トータルヘルスデザイン社の社長様から、『あなたに起こることはすべて宇宙のはからい』(立花大敬著)という本をいただいた。それから現在までの私の発想は、まさに皆様のお役に立てる製品を作りたいという希望から発している。

これまでも、さまざまな妨害があったものの、思いもかけぬ方々からのお助けもあり、皆様のお役に立てるような開発ができたことがありがたく、まさに宇宙のお計らいではないかと感謝させていただいている。

困難は宇宙の戒め、心してお役に立てるよう、精進させていただく所存である。


私の両親は、四方八方お見通しの宇宙にあっても、私をご指導くださっているのではないだろうか。私が間違った方向へ行きかけると、ブレーキをかけ、困難に打ち勝つ方策を今でもご指導いただけているような気がしてならない。

ありがとうございます。


私たちが住むのは島国日本。不足するものは輸入に依存しなければならない。だが、本当は神様は、すべてありあわせの物で生活できるようにお作りくださっているのではないだろうか。

特に日本は火山大国であり、掘らずとも地下からエネルギー資源が吹き上げるので、それを有効に利用すればよい。


例えば、東工学博士は「桜島の火山灰は発電材料」とおっしゃったし、関英男博士のご著書には、UFOはクリスタルを動力として飛んでいる、というニュアンスのことが書かれてある。

そして、実験をしてみると、水晶（ケイ素）があれば、UFOも飛行できる動力源が無尽蔵に手に入ることが証明できると、確信することができた。

電気とは

電気とは何だろう。

橘高啓先生をお招きして、講演をお聞きしたことがある。

太陽光発電が脚光を浴びている頃のことであるが、

「太陽光という光は何であろうか。これは波長の集合体であり、ケイ素に通過させれば電気になる。また、電気にケイ素を通過させれば光に戻る(電球がこの一例)」とのことであった。

波長には、光を伴うものもあれば伴わないものもあり、さらに音を伴うものもある。紫外線から赤外線まで本当にたくさんの波長があり、これをうまく使えば、世の中からあらゆる問題が解決されるようだ。

エネルギー問題も、人の病気もすべて解決できる。まさにそれを担う物質はケイ素であるという気がしてきたのであるが、いかがなものだろう。

これに関連するかどうかはさておき、関英男先生の、「ＵＦＯが飛行できるのは水晶（クリスタル）である」とか、「ＵＦＯは、雑念の多い人間では操縦できない」というお話を聞くと、神坂新太郎先生や、宇宙人と思われるようなラインフォルトや、ヴィクトル・シャウベルガーなどこそ、空飛ぶ飛行機（ＵＦＯ）が制作できたのではなかろうか。

そしてこれが我々の直感、空想、または関先生の念波に通じるものでなかろうか。

そんなことを考えていると、知り合いの宮野さんが、『第4の水の相―固体・液体・気体を超えて―』（ナチュラルスピリット）というワシントン大学教授のジェラルド・H・ボラックの著書を送ってくださった。

水は個体（氷）、液体、気体というのが現在までの概念であった。

しかし、本の内容を要約すると、雲になり水蒸気になり電気そのものになり、様相は全く異なるものになる。

考えてみると、水とは1個の酸素と2個の水素の結合体であり、電荷を帯びることは至極普通のことではあるまいか。いやそれよりも、すべての元素そのものに同じことが言えるのではなかろうか……。

即ち、すべての物質は電気そのものであり、それを人類の役立つものとして利用するか、または軍事兵器に用いて危険物になるかの違いがあるのだ。

近年、大雨により大洪水に悩まされている方々は本当にお気の毒であるが、作物を育て、乾く喉をいやすものも、大切な水である。

戦国時代では、水攻めという戦略に使われる兵器にもなり、コップ一杯の水に石を使えば電池にもなる。

電気とは、すべての物質の中でも、われわれ人間に役立つものの一つの形態である。

この時、いつも情報をいただける知人の塩田さんから、先端技術研究機構の「ＡＧＳデバイス電池」の文章を送っていただいた。

この科学技術とは万年電池のことであり、少し工夫すれば地球人でも開発可能な技術だが、最終工程の金属元素の配列が操作できない故に、まだ発明にまでは至っていない。
けれども、数年前から研究している我々の仲間がいるので、いずれ形になるだろう。

万年電池といっても金属原子の摩耗寿命があるので、20～30年が限度であろう。
しかし、一部の電池メーカーでは開発済みであるとか。「バッテリーが20年もった」という報告もあるので、携帯電話のバッテリーも、限界の20～30年は充電不要ということになるのであろうか。

私は、理科系大好き人間であるが、法学部に進学したおかげで、理科系の基礎がゼロである。興味はあるけれども実験する以外にはなく、本を頼りに実験を開始し、不明の部分は講演をお願いさせていただいている次第である。

最初は、メッキ業に必要なことから、環境の浄化、水の浄化に関心を持っていた。そして、工場建設のときに同級生の早崎君から『水』という本をいただき、水の浄化には鉱石がよいということで石に関心を持った。

水に鉱石を作用させると、不思議に電気が発生することがわかり、関英男先生をお尋ねして、UFOの動力源が水晶であると教わった。

そして、実藤遠先生のご著書、『ニコラ・テスラの地震兵器と超能力エネルギー』――人類が知らない重力（スカラー）波の存在を探る』（たま出版）に出会い、クリスタルのようなものが、電気、反重力の効力を持つことを知る。

また、明窓出版の『フリーエネルギーはいつ完成するのか』という本で8名の先生について知り、その後、ケッシュ財団の技術に出会い、更に実験の範囲が広まった次第である。

発電以前の出発点は、鉱石による、電池がなくなって廃棄された乾電池や、バッテリーの再生、電池時計の再起動が確認された実験である。電気自動車の、自動充電の可能性があることもわかった。

また、関英男先生からいただいた、『念波』（加速学園出版部）という書籍もとても興味深い。

（＊帯文　150億光年のかなたといえども一瞬にして飛んでいく念波。それを科学的、定量的に分析した快著。大宇宙の知性は念波によって結ばれ、人類の将来は念波によって知らされる。)
ただ、不思議なことに、こうした発電方法などは、「本当にできるのか」と疑問を持たれる方では反応しないようである。

日本のノー天気

1．知花俊彦先生『世紀末を救う意識改革—宇宙エネルギー時代への大転換』(廣済堂出版)より

(引用はじめ)

日本がいつまでも、食品輸入を米国に依存できる保証はないのです。ボリビアで開かれた北米南米首脳会議。いまオーストラリアにも広大な農地がありますが、地下水の水位が下がり、乾燥して砂漠化が進んでいます。メキシコや南米でも寒波や洪水で不作が続いています。アメリカでも地下水の水位が下がり、次第に塩分濃度が上昇しています。

（引用終わり）


これを知り、オーストラリア、南米ブラジルへ行ってみた。

これからは、南米の時代であろう。

2．深野一幸博士『地球を救う21世紀の超技術』（廣済堂出版）より
（書籍紹介文）

行き詰まった地球文明はこれで打開できる。現代科学の常識を覆す宇宙エネルギー技術最前線。


以前、「日本人の大西義弘が常温超伝導材料を開発」という記事を読んで、大西先生を紹介いただき、いろいろと勉強させていただいた。

しかし、やはり、ウエールズ大学のロバート学長の話のとおり、「あなたは私ほど有名でないので良いかもしれませんが、技術開発の発表は気をつけないといけませんよ」というの

は本当かもしれない。

実藤遠先生のご著書を読んで、なるほどと思うところがあった。

博士という学位をお持ちで、更に電気博士として有名な関英男先生ですら、ご著書であっても婉曲した表現にせざるを得なかったのだろうと思われた。

3.『影のエネルギー革命が迫っている―宇宙エネルギー発生装置の最前線』(コスモトゥーワン　日本意識工学会編　猪俣修二博士推奨)

(書籍紹介文)

通産省・電子技術総合研究所で「影のエネルギー＝宇宙エネルギー」に取り組んできた日本意識工学会による新エネルギーの最前線を紹介する本。N-マシン、マルチアークなど最先端科学の現状が一目でわかる。

拝読したところ、影のエネルギーはクリーンで無尽蔵であり、21世紀のエネルギー、影のエネルギー革命が迫っているとのこと。

私のような浅学菲才《せんがくひさい》の凡人が新しい実験を発表すると、「業者ごときが、神聖な学会を汚すつもりか」と言われる。

業者は発表を慎む必要があるようである。業者は不浄であるというのだろうか。

波動テープの効能とは

和服には、下駄、足袋、洋服には、靴、スリッパ、靴下を履くのが普通である。

ある時、靴底敷に充電用の波動テープを張り付けると足底が温かく感じる、という報告を聞いた。

更に、足首にテープ内蔵の布を巻くと、足が温かいだけでなく歩くのが楽になり、足や腰までが温かく、なんとなく体が軽くなった感じがするようだ。

何人かのお客様が同じことをおっしゃることを考えると、足首保温用の足袋や靴下の必要性が、これらで半減するのではないかと思われる。

私自身の体感としては、それまではくるぶしあたりから膝部分が、歩くうちに突然「かくっ」と前のめりになり、腰砕けになるのが恐ろしくて杖が欲しくなる。

しかし、足首に波動テープを巻くと、前のめりの腰砕けが起こらないようになったようである。それと同時に、腰の痛みも和らいだ。

手首に波動テープを巻くと、肩のだるさや痛みが和らぐだけでなく、首も指もスムーズに動く気がするようになった。また、これをきっかけに、5キロ以上の買い物を持って歩くのにも、なんとか耐えられるようになってきた。


「若い頃は」とつい口に出るが、高校生の頃は1俵（60キロ）の俵を2個担ぎ、大学でボート部の選手だった頃は、150キロを担いだ記憶がある。

90歳を超えると10キロでも無理になるとは、情けない思いである。

波動発電・波動充電技術

発電技術については、ケッシュ財団から世界中にエネルギー関連の特許が公開されており、日本では中国地方の泉様という方が素晴らしい技術開発をされているので、その方にお任せすることにしている。

私が手掛けたのは、波動発電についてである。ケッシュ財団などとは異なり、波動による発電の可能性について研究している。ケッシュ財団公開の発電は直流を使っているが、こちらは交流を使う。

交流電気の発電が安定性があることから、電気がなくなった直流電池を回復させることができた。そこで、永久電池の可能性に注力させていただいている。

これは、まず波動物質を電池に塗装することなどにより、永久電池として利用しようとしたものである。

しかし、再利用、再々利用も可能であることから、終局まで至ったものがこれまでなく、結果をもって確実となったとまでは至っていない状況である。

先述もしたが、金属表面への波動物質を伴う金属メッキ技術を、アメリカ特許取得により、実験したものである。

うまく成功して、故船井幸雄先生に「パワーリング」と命名いただいた。

さらに、繰り返しになるが、同行された慶應大学教授の携帯電話が電池切れした折、急速充電のごとくすぐに充電できて通話可能になったということで効果を認めていただけた。

教授からは直接ご連絡をいただき、たいへん感謝した次第であった。

また、泉様のご指導を仰ぎ、新分野の充電技術、病気予防技術にもなるようなテープを製作し、波動技術による農業の大改善など、まさに人生定年後の、今が本番である。

読者様よりのお手紙

私の本を読んだ方から、「○○の調子が悪いですが、良い方法はありませんでしょうか」などの内容のお手紙が発刊元の明窓出版へ届き、転送されてくる。こんなにありがたいことはない。

私は過去に、自身で開発したものを200件ほど特許出願したが、問い合わせがあったのは数件であった。

しかし、税務署から「特許出願にかける費用が多すぎる」とご注意があり、それなら著作として出版しておけば、1冊の本で何件もの技術が発表できると考えた。

当初は新聞社にお願いしていたが、販売目的がなければせっかく本にしてももったいない。

そんなとき、知人の紹介で明窓出版の先代の社長さんを紹介いただいて、開発についての重要な要点をご指導いただき、新しい分野に入らせていただけることになった。

近藤洋一会長様（当時は社長）を講師としてお招きし、私の作る物や本を並べて販売いただいたこともあった。

しかし、私も90歳になった。これまでは毎年2人くらいの講師をお招きして、「自然エネルギーを考える会」で、講演会や展示会をさせていただいたが、寄る年波には勝てず、2020年の少し前から中止して、本での発表1本になった。


最近は、諸先生方の本を読ませていただき、病気についても技術についても生徒として教えられる立場になった。

病気にかかることもあるが、「宇宙のお計らい」によって新しい改善方法が見つかり、また、病気にならない方法をお授けいただけた気がしてならない。心から感謝している。

有難うございます。

「老人は消えるのみ」

この言葉はかつて、マッカーサー元帥がアメリカで語ったと伝えられる言葉である。

コロナという病気が始まる前のことである。

保江邦夫博士にご講演をいただいた翌日の夜中に、急に頭が痛くなった。しばらく様子を見てみたが、痛みは収まるどころかだんだんと増すばかりで、家族に頼んで救急車を呼んでもらうとすぐにきていただけて、行きつけの市内最大の病院へ行った。

すると看護師さんが、

「今夜はもう遅いですから、タクシーを呼んであげます。明日、医者の紹介状を持ってきなさい」と言うので、仕方なくタクシーで帰宅した。

それまでは、小学校から高校までの同級生であった医者にかかっていたが、すでに他界していたため、翌朝、仕方なく近所のクリニックを受診したところ、

「どこも悪いところはありませんね。痛み止めの上手い病院がありますので、そこを紹介します」と言われて、行ったところは老人ホームを併設している病院であった。

診察してもらうと、頭を見て生え際を指し、

「帯状疱疹ですね」と診断され、書類に拇印を押した後、注射を打たれた。するとみるみるうちに顔の左半分が腫れ上がり、翌日も腫れが引かずに左目と耳が機能しなくなり、見ることも聞くこともできなくなった。

そこで、翌日にまた診察をお願いすると、

「行きつけの眼科医と耳鼻科に行ってください」と言われたので、行きつけの眼科のクリニックへ行くと、

「私どもでは処置できませんので、大学病院を紹介しますから、すぐにお行きなさい」と。

結局、その後の3ヶ月、大学病院に通院したが、左目は視力ゼロ、左耳は補聴器をつければ少しは聞こえるようになった。

私は現在も命をいただけているが、私と同い年の従兄は、具合が悪くなった直後に救急車で病院に行くと、「翌日に」と帰されて、翌日に再度行ったら、脳梗塞と診断されて入院した。その後、「退院」と言われて迎えに行くと、生きた状態での退院ではなかったと奥様が泣いて話された。

私のほうはというと、我が家の工場の社長である娘の婿が、「次の社長を私の甥にお願いしたい」と相談されたので同意すると、外国勤務から帰国した甥が社長を引き継いで、工場も事務所もすぐに新設をした。

そして、私の机や工場の不用品を物置に運び込み、「作業所はこれで十分ではないか」と言って、私の開発技術は引き継ぎしてもらえなかったことは前述したとおりである。

さらに、トヨタ自動車の指示で技術変更を命ぜられたと、他社で技術指導を受けて業務を開始したが、これで工場を引き継いだと言えるだろうか。

戦前教育を受けた私には到底理解できなくても、やむなく引き下がる以外なく、自宅物置で開発技術を使って作った「電気がなくとも、発電・充電できるもの」を、東北と九州の被災地にご寄付した。

それがお医者様に渡り、「ガン患者が2週間〜1ヶ月で全快した例が見られた」と、追加のご注文をいただいた。

また、外国からもご注文をいただき、病院の院長様のご来訪を受け、自宅作業場にて応対もした。

ありがたいことに、私は今も生きて研究が続けられ、皆様のお役に立つものを制作させていただけることに、感謝以外ない。

工場を渡した甥に、工場も事務所も追い出され、感謝どころか自宅物置にて、電気がなくても充電できるものを作っている。

そして、その技術を次女夫婦が引き継いでくれることになり、別会社で「合同会社波動科学研究所」を設立、本社は、次女夫婦の住む名古屋市に置くことになった。

これもありがたいことである。

老人も消えることなく、これからも研究開発に力を入れていく所存だ。

あとがきに代えて――北野幸伯先生

北野先生からのメールを読んで納得した。

日本の大手商社、また大手運送会社が、最近は中国製で、税金も価格も安いＥＶ（電気自動車）を輸入して乗り換えているという。日本におけるがんじがらめの高い税金や難しい法律にあっては、そうせざるをえない状況もあるのだろう。

かつて旧ソ連のグラノスチ（情報公開）で、技術を導入しようと思ってソ連大使館へ飛んで行ったことがある。

ところが、先述のように「この技術はどちらから？」とお聞きすると、「どの技術も、日本人の技術ですよ」と、日本人の開発をなさる先生をご紹介いただくことになった。

しかし、公開いただいた技術はソ連の技術であり、国内向けで使用するにはいかがなものか、と首をかしげるものであった。

それが今回、北野先生のメールを見て、「新しい着想で進まなければいけない」と、納得した次第である。

「日本の技術をEVに活かして、例えば特許公開されたオランダの発電技術も導入すれば、もうバッテリー不要の電気自動車の出現も間近になるのではないか」と。

「また、遡るならば、100年前のニコラ・テスラ先生の技術も取り入れたりしたら、素晴らしいEVが出現するのではないか」とも。

そんな経過があって、病気の後であっても、頭の中はいつも自分の生活手段である理科系の事象ばかりが思い浮かんでいる。

波動塗料をした乾電池が永久電池のようになり、だめになったバッテリーが再生したりしていることは何度も著してきた。

こうした現状について保江先生にうかがうと、

「確かに電池は再生していても、現在の物理理論では説明できない」ということであった。

知人を中心に150人ほどを会員として「自然エネルギーを考える会」を立ち上げ、開発品をお試しいただいたが、第1回目として開いた講演では、ＮＨＫでも講演者となられた山根一眞先生に登壇をお願いした。その講演会では、

1、鉱石を使用することにより、だめになった乾電池が再生した。

2、京都大学の林教授が厚生省に依頼されたガンの薬の開発で、できたものを持参すると、「こんなものができたら医者も病院もつぶれるではないか」と叱られてしまったので、それを土壌改良剤として試験すると、無農薬無肥料にて人参、ホウレンソウ、イチゴなどの素晴らしい作物ができた。

ところが、今度は農協から「こんなものができたら農協がつぶれる」と言われてすべてだめになった、という2件の発表があった。

そこで、私のほうでも鉱石を混ぜた物を使用済み電池に塗布して実験してみようと思い、市役所に廃棄された電池、バッテリーの払い下げをお願いすると、

「どうぞ、お好きなだけお持ちください」とのことだったので、軽トラックでたくさんい

ただいて帰った。

実験をしてみると、約90％の電池、バッテリーが再生し、再利用ができるようになった。

ところが、そんなことができたら町の電気屋さんも電池メーカーも困るではないか、と中止勧告がきてしまい、これも中止になった。

しかしこの事を、草柳大蔵先生のセミナーでお話しすると、セミナーで一緒になったトータルヘルスデザインの現在の会長でいらっしゃる近藤洋一社長が、「塗料を試したい」とおっしゃった。電池のみならず自動車のエンジンなどに塗布すると、走行性能が素晴らしく良くなったとのことだった。

ところが今度は、下取りに出したときに、塗布が施されているエンジンなどを見て事故車と間違われ、物議になってしまった。

また、船井先生に「パワーリング」と名づけていただいたものを、お取り扱いもしていただけた。これがまた、「ガン患者のガンがなくなった」という話が出て、医事法などに引っかかる恐れがあるとのことで、これも販売中止に。

かくしているうちに、私が63歳の時、声が出なくなり、耳鼻科の医者へ行くと、医者は鼻から入れたカメラの映像を見てむずかしい顔をされているので、

「ちょっと見せてください」と、私も見せてもらうと、腫物が見えた。

「素人の自分が見ても、これはガンではないですか」と尋ねると、

「本人がいいなら言うが、これはガンです。がんセンターを紹介するから、すぐ行くように」とのこと。私は、

「ありがとうございます。ガンとわかれば、やってみたいことがありますから」と言って帰り、鉱石を浸けた水などを使って、1ヶ月で全快することができた。

今も生きながらえていられることは、先生方からの学びや、家族の協力があってこそである。

研究開発も、これからも細々ながらも続けていきたい。世の中のお役に立てることこそが、これまでも、これからも、私の一番の喜びである。

参考「ザ・フナイ」記事の引用

珪素パワーの活用法　高木利誌

「ＵＦＯのエネルギーはこれだよ」

電気博士の今は亡き関英男先生におめにかかったおり、先生が出されたのは、水晶でした。水晶すなわち珪素であり、珪素の関心を持ったのはこのときでありました。それにしても、珪素とエネルギーとはなかなか結びつきませんでした。

もう一度お目にかかってお尋ねしたかったのですが、お目にかかった１ヵ月後に他界され、再びお話しすることはかないませんでした。

その後、リンゴ農家の木村秋則先生がＵＦＯに乗られたということを聞き、早速お目にかかってその時の状況をうかがうことにしましたところ、先生は、

「乗務員に動力源を訪ねたら、『ケー』といったけどケーはカリだわね」

とおっしゃったので、何語で話しましたと聞くと、日本語とのこと。

「珪素が燃料になるのかね」と。

珪素には私たちにはわからない何かがある。

そうしているとき、工学博士の東学《ひがしまなぶ》先生から珪素学会を紹介していただき、珪素水（※1）を知りました。珪素が水に溶けること知らされ、新しい展開が始まりました。

しかし、これをエネルギーに結びつけるには如何にしたらよいか？

さまざまな試行錯誤を繰り返しながら、実験した結果、予想される展開について述べたいと思います。

1．発電材料としての珪素

【珪素波動電池】通常は珪素基盤に太陽光などの光線を受けて電気に変えるものであるが、「光も波動であって、光に変えて光に相当する波動を与えれば電気に変換できるはず」（橘高啓先生提唱）とアドバイスを頂き、数種類の天然石粉を混練して塗布したところ、10～20％の電位の上昇を確認した。

珪素波動電池は、光線を必要とせず、天然石そのほか珪素を主成分とする波動体を極間に置くことによって、電力を得る電池である。

陽極は炭素を主成分とするものであって、炭素、炭素繊維、植物の炭化物および、それらの炭素を含浸または被覆したもの。

陰極は、銅、鉄、アルミニウムなどの金属、またはその合金、およびメッキその他の表面処理したもの。

波動体としての珪素は、天然石、火山性噴出物、およびその加工物であって、粉体または、水性溶出珪素とし、酸、アルカリなどの化学的処理されたものは採用しなかった。

《実施例1》紙に植物性炭化物粉体溶液を塗布した陽極に、絶縁紙を介しアルミニウム陰極との間に、籾殻灰を珪酸溶出液に溶かした電池を作ってみた。

《実施例2》陽極を炭素繊維とし、珪素体として溶岩、火山灰を水で練り、アルミニウム陰極との間に設置。

《実施例3》珪素体として、花崗岩、トルマリン、水晶などの天然石を粉体として、実施例1・2と同様に設置。

《実施例4》太陽光電池の受光面でない面に珪素体を設置したところ、発電量が増加したほか、受光がなくても発電電位を確認した。

〔展開1〕光を必要としないならば、密閉し、電池の可能性・超薄型乾電池。0・5㎜厚以下になるのではないかと考えテストの結果、1セルあたり1・2〜1・8ボルトを確認した。

〔展開2〕珪素、花粉炭をナノ化して塗布したところ、0・8〜1・2ボルトを、さらに太陽光に当てたら1・4ボルトを確認した。

〔展開3〕金属材料に珪素複合メッキをして、紙、布などに含水させて接触させたところ、0・8ボルトを確認した。

【超電力回復】珪素含有塗料・商品名カタリーズ（1995年開発発売）を、出力が低下して破棄された電池に3㎜幅くらいこの塗料を塗布すると起電力が回復する。また、この塗料を自動車のエンジン付近（エアクリーナー、ラジエーター、燃料パイプなど）に塗布すると、エンジン音が低くなり燃費が10％くらい向上する。

【バッテリー材料】珪素プラス天然石で、酸、アルカリ、などの薬品の必要はなくなる。

電極に珪素などの複合メッキまたは、溶射、塗装などの方法により装着した電極を用いれば、自己充電バッテリーとすることができる。

〔展開1〕珪素水に電極をセットすると1電極あたり0・6ボルトが得られた。

〔展開2〕壁紙、仮設テントに珪素を塗布することで超薄型バッテリーになる。金属、布、紙などに、珪素または珪素化合物を複合させたメッキを施した電極を使用。

【採電】地中、プランター用土に珪素を入れ、電極をセットすると採電できる。

【水の分解による水素簡単採取】電気分解の必要なく珪素触媒により可能であることがわかった。水中に珪素を入れて攪拌または加熱で、水素が発生する。ただし、密閉容器で攪拌すると、容器を破損する恐れがある。密閉が弱いと噴出してしまうから要注意。

【珪素銅、または珪素複合メッキ】飯島モーターコイルに珪素銅、または珪素複合メッキを施してみてはどうか？　飯島モーターとは、テネモス研究所長飯島秀行氏の開発された自然エネルギーモーターで、入力エネルギーなしで発電し続けるモーターのことである。コイルを替えると反重力モーター（ＵＦＯ）の可能性も生まれる。

2. 工業材料としての珪素

【超硬材料】

【潤滑油、防災、防煙剤、非粘着剤】

潤滑剤……金属、プラスチックなどの摺動《しゅうどう》面の歯に対してＰＴＥＦ（ポリテトラフルオロエチレン）に次ぐ効果。

防炎……布、プラスチックなどに含浸して、難燃、防炎効果。

防煙剤……油、プラスチックなどの燃焼炎に噴霧すると黒煙が消える（火炎消火）。

非粘着剤……ゴム、プラスチックなどに含浸して離型剤不要のほか、しゃもじ等実用化されている。

【衝撃吸収剤】ゲル状にして実用化されている。

【高温絶縁体】

【消泡剤】豆腐など食品加工用に使用されている。

【燃料添加剤】燃費向上とCO2、NOX（窒素酸化物）の低減。

3．農業への活用

【発芽促進】珪素水1000倍液に浸漬すると30％の時間短縮ができる。

【成長促進効果】

【作物活性化】珪素水、珪素粉体を与えると活性化し成長促進効果。中島俊樹著『水と珪素の集団リズム力』参照のこと。

【野菜などの食味の改善】野菜、果物など食品に珪素水を噴霧すると酸化防止とおいしさが持続。

【無農薬栽培助剤】植物が活性化して害虫、病気が付きにくくなる？

【土壌改良剤】圃場《ほじょう》に少量入れると10年以上たっても作柄がおちない。プランター栽培の土に加えると土の交換の必要がなくなる。浮州《うきす》栽培の実験において、軟水、塩水（海水）上に石粉（珪素）混合用土を用いたところ、稲の栽培が可能であった。珪素が塩分を中和するのであろうか？

今年、プランター栽培で、西瓜《すいか》、胡瓜《きゅうり》、インゲン豆を栽培してみたところ、西瓜1本の苗から5個が次々に結実した。だが収穫する頃を見計らってカラスが全部食べて困った。胡瓜は1本の木で2日に1個ずつ収穫でき、インゲン豆も1本で1日おきに収穫できることを確認している。

プランター栽培に使用した土には鉱石粉を混ぜ、毎朝、米のとぎ汁を与えた。また、鉱石粉は花崗岩でも何でも良いが、良値の遠赤外線（テラヘルツ）が出る、体にも植物にも良いものを選んだ。この石の粉を一度入れておけば10年でも使用可能であることを確認している。

実は植物の繊維は主成分が珪素であることを講演で聞いた。納得できるのは、石の粉（珪素）を与えた作物は稲、西瓜、胡瓜も、与えたものと与えていないものは歴然とした差があり、稲は倒伏しないし、瓜、豆類は木の寿命に格段の差があり(瓜類は寿命が倍近い)、長寿命ゆえ、収量にも大差を生じる。また、トマト、胡瓜は木が弱くて塗布はだめであるが、ナスなどは幹に鉱石塗料を塗布するだけでも着果が増す。

果物類などにも幹に数センチ幅で塗料を塗布すると着果が増すと報告を受けている。果実肥大の効果もある。ただし、実のなりすぎや果実肥大で摘果する必要が生じる。

ぎんなん、柿なども着果過多で実が小さくなり商品価値として難ありとの報告がある。また、馬鈴薯は珪素を入れた畑は味、収量ともに抜群との報告が入っている。

4. 生活関連に対する利用
【調理添加剤】煮物に珪素水を数滴加えると味の改善。

【果物、野菜などの酸化防止】

【洗剤】

5. その他
【血行の改善】

【体内電位の向上】

【放射能の除染効果】

非常事態のときの栽培法

珪素からはちょっと脱線するが、地震、津波、台風、水害あらゆる天災が一度に来襲するかのような昨今、いざというとき、金をかけずに誰でも自分でできることを考えてみよう。

何年か前からいろいろやって試してきた。

先ず食糧の問題、水害で稲がだめになってしまったとき、蒔く種や場所がなくなってしまったとき、どうしたらよいものか？

1．玄米を蒔いてみた。芽は出たものの、籾《もみ》（※2）を蒔いたものよりやや育ちが悪い。ただ珪素水を使ってみたところ籾と変わらぬできばえであった。

2．稲藁《いなわら》を刻んで芽を出させ、挿《さ》し芽《め》を植えてみた。昨年の実績では、8月1日に藁を刻んで発芽した芽で挿し芽をし、8月下旬稲刈り後の田に植えてみたところ、稲の発芽部分にもよるが早い部分は4週間後に、遅い部分でも6週間後に出穂、10月下旬には刈り取り可能であった。

根に近い部分は分けつも多いが出穂が遅く実りが不ぞろい。

穂に近い部分は分けつは少なく出穂が早かった。

ということで、当地でも二期作が可能であり、災害時に少量であるが収穫可能であり考慮の要あり。

3．浮州栽培：池、川、海水などに人工の浮州を作る。発泡スチロールに土を入れて1．2．の方法で発芽した稲を使って試してみた。土の配合（石の粉を少量混ぜた）と、土の量によって出来具合に差があるものの、充分急場の助けにはなる。豆、野菜などの栽培も可能であるが、水利権の問題があり、許可が必要である。

4．以前にも書いておいたが、浮州でなくても、ビルの壁面でも、受け皿を使って段々にぶら下げることで、稲、野菜の栽培は可能である。

※2　籾：籾殻を取り去る（脱穀）前のイネの果実に相当する部分のこと。籾を脱穀すると玄米となる。

大麻について

最近、大麻が見直されており、大麻のパワーについて試している。大麻栽培農家の大森さんという方を紹介して頂き、茎、根、種子を炭化して電位を計ってみたところ、やはり電気的にもすばらしいパワーがあり、特に根はそれだけで電池になる値を示しており、太陽電池と併用すれば、いや太陽電池の代替の可能性も充分あると考えられるに至った。

また種子は1日5～6粒を食べると栄養剤よりも効果があるとおっしゃる方があるくらいで、これもまた炭化して試しているところであるが、炭化の過程で得られる大麻油がまたすばらしい効果があるため、油をとった残渣《ざんさ》を発電材料に使用したい。

実は根の組織は天然のホーン（角《つの》状）組織であることを確認していたが、五井野先生のカーボンナノホーンの記事を見て炭化してみたところ、やはり他の部位の炭よりも電位が高い。

珪素は有益なエネルギーを取り込む？

現段階での結論として、珪素は、成長光線というか宇宙から有益なエネルギーを取り込み、電気に、あるいは、成長エネルギーに転換しているのではなかろうかと考えられます。

反重力浮遊体（ＵＦＯ）を開発された神坂新太郎先生（ｋｏｒｏ先生）に、もう一度お目にかかりたかったです。

神坂新太郎先生は戦時中、ドイツ人ラインボルト先生と反重力浮遊体を開発され、飛行に成功していました。

今、述べてきたことは、素人の私が実験して得た結果であって専門機関の証明を受けたものではありません。あくまでも参考資料として、大金をかけずに誰でもできる可能性をお伝えしたいと思いました。実用の参考になれば幸いでございます。

なお、医学博士の方々による珪素のすばらしい医療的効果についても発表がなされています。

珪素には、このように、さまざまな可能性があります。今後ますます明らかにされていくことと思います。

未来《みらい》に続《つづ》くエネルギー革命《かくめい》
波動発電《はどうはつでん》の奇跡《きせき》の可能性《かのうせい》

高木《たかぎ》　利誌《としじ》

明窓出版

令和六年三月十日　初刷発行

発行者——麻生 真澄
発行所——明窓出版株式会社

〒一六四—〇〇一二
東京都中野区本町六—二七—一三

印刷所——中央精版印刷株式会社

ISBN978-4-89634-475-2

プロフィール

高木 利誌（たかぎ としじ）

1932 年（昭和 7 年）、愛知県豊田市生まれ。旧制中学 1 年生の 8 月に終戦を迎え、制度変更により高校編入。高校 1 年生の 8 月、製パン工場を開業。高校生活と製パン業を併業する。理科系進学を希望するも恩師のアドバイスで文系の中央大学法学部進学。卒業後、岐阜県警奉職。35 歳にて退職。1969 年（昭和 44 年）、高木特殊工業株式会社設立開業。53 歳のとき脳梗塞、63 歳でがんを発病。これを機に、経営を息子に任せ、民間療法によりがん治癒。現在に至る。

ぼけ防止のために勉強して、いただけた免状 (令和 4年 10月 4日には、6段になった)